逝きし者のやうに

江田浩司
Eda Kouji

北冬舎

逝きし者のやうに　目次

一

二

三

装丁＝大原信泉

逝きし者のやうに

一

青き背中に

二〇〇五年六月九日、塚本邦雄逝く

水上に死の立ち上がるごとくして詩魂を紡ぐ父は逝きたり

水無月の夜に立ちたる言の葉の乳房持たざる風に吹かるる

ほろびつつある國からの贈り物ビロードの毛に包まれし燐寸《マッチ》

十五夜にはらはらと散る火の粉かなあぶらをすくひ口に運べり

神の肉絵皿に充ちぬ　黄昏の詩歌叫《おら》びしたましひの群れ

血の裂ける叫びに似たる愛をもて詩歌《うた》を弑《しい》する父を頌《たた》へよ

純白の器《うつは》にチェロの音は充ち父の最期を静かに語る

遠國の大地の綿をつむぐ手がふと訪れる少女の窓辺

廃園の薔薇のつぼみが漂へる冠毛に触れ眼《まなこ》を閉ぢる

櫻桃の雨に煙りてとぼとぼと青き背中が坂道をゆく

破瓜なす言葉《ロゴス》

塚本邦雄讃

邦雄忌に火の粉を包む真綿かな

つぶやきは終はることなく冥界に入《い》るさればその思考《シメール》の怪物　思考《シメール》の怪物

言葉《ロゴス》への修羅なす渇きふかぶかと全身に受く　死後いまだなほ

スープから針を引き上げ皿に盛る言葉の中に火夫は眠れり

言葉をもちて神を濡らさむ　螢よりまず死に急ぐ螢籠を抱き

漆黒の迷宮に入る言葉《ロゴス》かな雨衣《うい》のごとくに身を解く聖書《バイブル》

言葉から摑みいだせる鹽《しほ》にして瘢《きず》の面《おもて》に眠りたる神

ヨハネまた荒野に流れ禁欲に濡れし鼻面《はなづら》押しつける青犬《いぬ》

着衣する聖母の肌のかがよひを言葉にきざす詩に波瀾あれ

老婆泳ぎしのちの浴場あぶら浮く　詩の黄昏に破瓜《はか》なす言葉《ロゴス》

致死量の毒を盛られて甦る　初めての血を見し夜のごとく

終極の愛は憎しみ　悪《にく》むべく歌が滅ぶを救ひたまへり

颯爽と短歌の脾腹《ひばら》を切り開き残光の中に言葉《ロゴス》を嗅ぎぬ

緑の血　明るき記憶に染め抜かれそよ眼球の内側の夢

緊縛の詩に匕首《ひしゅ》を含ます悦楽の毒を吐くならそれもよからむ

血の中に揉まるる鹽《しほ》に熱は充つ前衛はなほ鋼《はがね》なす慈父

萬象に言葉　燦たる煉獄の慈雨に撲《う》たるるごとく愛《かな》しき

残光は刃を潜ませて降りそそぐ詩に弑《しい》さるるよろこびをなほ

詩を生《あ》れし真紅の馬がわれを裂き金泥の痕《あと》のこす黄昏

紅き馬　一世《ひとよ》のゆめを駈け抜けよ　母抱きしめてたちまち渇く

月光の蒼蒼《さうさう》として眠るなく神に瘢《きず》つけ言葉よ趨《はし》れ

あられ散る詩魂の淵を抜け出せる大いなるもの歩みきたりし

天上の神と語らむ　風景は言葉を模倣すのみのたまゆら

退嬰を鬻《ひさ》ぐ者らの集ふ市《いち》　天上の火で焼き尽くしてよ

五月蠅《さばへ》なす詩型があをき腹を見せづたづたの影踏む遊び　密談

邦雄忌に言葉捧げむ　廃園にサックを外し射精す詩魂

言葉を殺す詩魂がこよひなまぐさく夕顔色に禁忌濡れなむ

鋼鉄《まがね》なす言葉は神を剝がれゆき詩型あをざめゆくを追ひゆく

神に質《ただ》す詩歌しづまり魂はいまいづこかの空を渡らむ

雨を濡らす雨のささやき尽きるなし邦雄とともに詩魂は逝けり

言葉から火の粉散りぬる黄昏の滅びとはまた美しかりき

言葉《ロゴス》なる身に

悼　山中智恵子

天空《おほぞら》に黄昏の柩揺れやまぬ君の死を知る寒き春べに

青き旗とどろく天《そら》ゆ傾けり心沁みゆく言葉は立ちて

日常は青き起き伏し詩歌暮れ萩叢《はぎむら》の淵に雪降りやまぬ

朝羽振り夕羽を振りて三輪山の空翔《か》けたまへ炎《ほむら》なす魂《たま》

たまかぎる夕空翔けて君ありとうつつの夢に見果てむものを

驚愕はきのふのごとし禽獣の背後に薫る始原の言葉《ロゴス》

蒼白き蜜を醸《かも》せる言の葉は孤軍をなして非在に目覚む

孤高なる言葉の内の漂泊者　いま杳《えう》として翡翠《ひすい》は寂びぬ

君の言葉に触れし愚鈍なわれにして明るき闇を井戸から汲めり

石に宿る神を聴く耳持ちたまへ舌やはらかくゆめを詠へと

さみなしにあはれなるかな言の葉はすべてと思ふたまゆらの生

とうすみ蜻蛉《とんぼ》あをき陵《あや》なす葦群に常世を闢《ひら》く声を聴かなむ

夢代《ゆめしろ》を筆に抑へて秋茜　神に逅《あ》はなむ歌のむらぎも

言葉とはごくらくにしてうす墨のぢごくでもある鳥すさぶかな

うつせみのいのちは愛《を》しとときはぎのみどり羞《やさ》しき風薫るらむ

青蟬は蹌踉と佇《た》ち啼きぬるを君の言葉に神渡りせり

玉蜻《たまかぎる》ゆふさりくれば亜麻鷺《あまさぎ》は汝《な》が魂をついばむらむか

水沢《すいざは》の智恵子は鳥を友とする　神霧奔《はし》る言葉《ロゴス》なる身に

水沢《すいざは》の鳥どちすだくたそがれに夫恋《ふれん》の歌は天《そら》を翔《か》けたり

ひぐらしを黄昏の偈《げ》と思うかな　夫恋《つま》ふ歌を詠み継ぐ智恵子

雁暁《がんげう》の空にたなびく言の葉のエロスをただす常世なすまで

昭和天皇、智恵子は雨師《うし》と呼び給ふ　昭和の雨はいまだ已《や》まざり

邦雄亡く智恵子も亡くて青闇《せいあん》の世に詠み継ぐはそぞろなるかな

君の文《ふみ》に励まされつつ書きし論いまだ成らぬに君は在《ゐ》まさず

琅玕《らうかん》の銀河を詠ひ飽かざれば星神《ほしがみ》となれ智恵子よ智恵子

三千二百万光年にあるかみのけ座星神となり君詠むらむか

魂《たま》きはるうつつを詠ひ隠れなむそのすがしさを讃へつくさむ

生きゆきは蜃楼《かひやぐら》にしか過ぎざれど不服従なるいとなみの栄《は》え

桃青《たうせい》の夢を夢見む漂泊の青き扇や十三夜月

ひざ濡らし黙《もだ》ふかく立つ青鷺は速雨《はやさめ》に濡れ影乱れをり

君を追ふ雨

山中智恵子氏を哀悼す

約束はつひに果たせず君の死を早春に聞くあめつちの神

夢の記に雨の躰《からだ》を記すとき韻文はなほ香り立つかな

青鷺は雨に打たれて守りなむ日常を遠く離《さか》る言葉を

女童《めわらは》は静かに立ちて君の死を語りしのちに砕け散りなむ

命終《みやうじゆう》ののちに魂《たま》立つ言の葉の夢の淵瀬《ふちせ》に君を追ふ雨

夢やあらぬ雨の腕《かひな》に包まれてつくづくと鳴く雁金《かりがね》の群れ

秋の夜に山中智恵子を想ひて作りし歌

夕映を漕ぎゆく村は水くぐり夏逝くかたにこゑを沈めむ

やはらかきひかりを吐ける青杉のこみちを曲がる敗れたる神

あざやかに滅びしものの血の暗さあぢさゐの咲く庭に畏《おそ》れる

たましひに置かれてゐたる黄落の柩を洩れる声に聴きゐる

鳥群れてやさしき夕べ魂にあまたの声はくぐりゆくかな

たそがれの坂下りくればうつくしき銀の尾鳴りぬ楡の木立に

ゆふかげに鳥はつばさを失へりいかなる夢に水は群れしか

青き夜を落神《おちがみ》のこゑわたりゆく声はつばさを持ちしならずや

あけぼのにこゑの充ちくるときのまや生《しやう》ある水は夢にまぎれむ

水昏《くら》くかぎろひのなかに立つ人よいのちは深く夢に差すかな

月ありて水とどめたる明けのこゑ　劫初《ごふしよ》の傷《いた》み醒めし山ぎは

薄明《はくめい》に他界のこゑを聴く石に歌人の矜恃顕《た》ちきたるべし

おそろしき静寂といへ肺葉に雨降るごとく石の濡るるを

ぬばたまの夢に顕《た》ちくる石の声　神の異形でありし速雨《はやさめ》

雁渡る虚空は夢の炎《も》ゆるなり　言葉を生きよ敗者なる身に

言の葉に智恵子が置きし夢の石　銅馬《どうば》に乗りて拾ひにゆかむ

雨後の沈黙《しじま》に乱るる青き髪ありてわが魂に声を充たしむ

黄昏にみづは震へてやまざるを風の量感をはかる浴身

十六夜《いざよひ》は青くにじみて渡れるを影のみ濡れぬ熟麦の初夜

レクイエム聴きゐる夕べ美しき凶器をなさむ汝《なれ》の躰《からだ》は

アカルサは檸檬のやうに香り立ちわがうちにこそ凶器横たはれ

青闇に浮かぶ頭部は白銀《しろがね》の眼《まなこ》を伏せて静かなりけり

つつましく雨は裳裾をひろげたりガラス戸翳りうすき血滲む

雨後の小径に嬰児の顔が並びをり銀のフリュート吹き鳴らす月

海越えて届きし声は死者のため黄落の地に橋を架けたり

野葡萄の丘のむかふに方舟はうすくれなゐの水脈《みを》を曳きゆく

霜の道たたらを踏みし少年に木洩れ日うすくくちびるよせる

十六夜《いざよひ》にわたしの躰《からだ》を流れゆく水音ありて詩《うた》を欲るかな

ヴァレリーの詩論を読める秋の夜に深井はあまき息を吐けるを

常《とことは》に夢見る意志をもちたまひ智恵子は天の扉を闢《ひら》く

春の夜に山中智恵子を想ひて作りし歌

君なくて一年《ひととせ》経ちぬこの春の櫻は井戸の深さに咲けり

櫻から炎《ひ》を受けつぎし汝《なれ》の身に深井に響く言葉あるらし

花冷えの空に流離の瞳あり貴種の血を秘め咲ける櫻よ

あかつきに飢ゑし櫻は歌はなむ天空に伏す帰らぬ魂《たま》を

さむき春さくらに浮かぶまぼろしは鶺鴒《せきれい》の伏す村と思はむ

夢に散る櫻の花はあをき尾を引きやまぬかな君を想ひて

君の夢をあをき櫻は散りゆけり歌の光《かげ》ひく言の葉の谿《たに》

蒼穹《おほぞら》の起こせる風に飢ゑしるき櫻の花は散るを惜しまむ

吹く風は空のひびきを伝へたり櫻は魂《こん》の夢に散り敷く

散るときに転調をなすさくら花　つめたき熱に身をゆだねたり

櫻ちるたそがれの景　群鳥《ぐんてう》はついばみをらむ智恵子の夢を

ながすなみだにそへる光の青きかな櫻夢《あうむ》に響け群鳥《ぐんてう》の魂

夢を運ぶ鳥の羽音は青く群れ櫻の花は言葉を病みぬ

櫻よと吟《うた》へる汝《なれ》は童女めき身にゆふかげは羞《やさ》しかりけり

夕照をあびし櫻は耳ひらき巣に帰りゆく鳥のこゑ聴く

ゆふぐもは羞《やさ》しく垂れぬまなうらの深き空へと櫻ちるなり

幻想の中に及びし夕映えは水を病みたる櫻に乱る

ゆふやけに櫻はあをく泡立ちぬ柩を洗ふごとくさざめき

宵闇の神楽にまぶた開きたる櫻の花は澄みにけるかな

夕月を愛でて櫻の精薫り智恵子の言葉さばしり顕ちぬ

鶺鴒の水脈《みを》に散りつむさくら花　闇のしらべに濡れやしぬらむ

櫻ちる闇に顕ちたる言の葉のきみ思へとやときじくの風

ときじくに胸を開きしさくら花　風な吹きそと声をあげなむ

風の音にひかりが添へるうすやみに蹌踉《よろ》めき立てる言霊《ことだま》の精

君の言葉あをく騒立《さわだ》つまなうらや闇夜のさくら面《めん》を秘めたる

青き闇落花を包み醒めゆける石の声はも傷《いた》みかへらむ

滅びたる神々の血を受けしかな櫻は闇に魂《たま》を磨けり

月夜見《つくよみ》の幻の氷《ひ》を束ねたる櫻の花は嘴《はし》を秘めなむ

言の葉の肉を恃《たの》まぬ矜持もて智恵子の闇に散るは櫻か

落日に常世めきたる花を見しあはれは深く幻ならむ

『虚空日月』讃

ただよひてその掌《て》に死ねといひしかば虚空日月《こくうじつげつ》夢邃《ふか》きかも　　山中智恵子

しらべあまねし

残照に忍びよる詩を生き継げる未生の闇にひらきゆく嘴《はし》

蜻蛉《せいれい》の虚《そら》深くして風切りの音のみ充つるうすずみの柩《ふね》

うすずみの柩《ふね》のゆくべき虚《そら》深く詩想の闇に奔《はし》る迅雷《じんらい》

言の葉やひかりを打てる雨音は詩《うた》のしじまに充ちわたりたる

鹽壺《しほつぼ》にひかりを受けるしめりあり雨中に病めり鳥の御魂《みたま》は

鳥の胸ひらきて冴ゆる言の葉に風より迅《はや》き水は過ぎなむ

言の葉は夢に醒めつつかなしみはひかりの中に帰りゆくかな

切株の多き夢見む夕こだま　面伏《おもぶ》すものは傷《いた》みなるべし

いのちより言葉あらしめ紡ぎゆく鳥のかたちに散りし夢の羽《は》

桃青《たうせい》の夢の真闇に散る櫻　虚空を染めむ群鳥《むらどり》のこゑ

群鳥《ぐんてう》の傷《いた》み生き継ぐ言の葉を書きしるすべし曉の書に

虚空《おほぞら》の火をひきつれし風花や眼《まなこ》の奥に充つる魂《たま》が音《ね》

風花を去年《こぞ》の櫻と見てあれば荒れしこころに泣けるむらぎも

死すための生とふ賢《さか》しら　ひとこゑに鳥の命はうつりけるかな

うすきいのちの果てにちひさき石となり雨をうけつつ消えやしぬらむ

水に映りし命の果てのまぼろしは啼きわたりゆく詩《うた》に還りぬ

リルケから受けし詩想は残月に降りやまぬ花　遊行《ゆぎやう》とこしへ

水のこゑ月のひかりに導かれしらべあまねし呪術ならむか

言葉を持ちて生まれしものにあらざらむ未生以前の海かをり顕《た》ち

わたつみのふかき想ひに鱗《うろくづ》の底なき詩性あると思はな

あかき魚《うを》あをき魚《うを》から生まれたり詩の深淵に終止符を打ち

天狼の渡れる海に闇冴えて刀身を呑む波や寄せくる

月影の喉《のみど》は蒼く澄みゆけり詩草《しさう》に萌すたましひの暈《かさ》

常世から言の葉立ちてめぐりくる愛《かな》しみの底詩《うた》として受く

あさあけのあをき霧から立つ見れば戦《をのの》くばかりこゑや濡れそむ

青蟬の去りたる樹樹にくれなゐのしらべは癒えしいのち秘めざれ

言の葉のひかり崩れし果ての夢　くれなゐにこゑたけくかたむく

雪の日に蒼く渡れる火の群れを肩透きとほるほどにかなしむ

うつくしき滅びといはば夕照《せきせう》の神なきのちのあまき言の葉

沼空の筋《すぢ》を辿りし汝《なれ》の指ながれかそけく御魂《みたま》醒めなむ

汝《なれ》がゆび幻想の骨《こつ》を探りたり　言葉の旅にひかり伏す水

梨の花とほく咲きたり薄明の神楽の庭にことば羞《やさ》しき

群鳥《ぐんてう》の過ぎたる虚《そら》を夕神楽したたりやまずこゑを喪ふ

終幕のあはれ澄みたる槌音や詩性に傷《いた》む蒼魂《さうこん》の族《ぞく》

（＊太字の四首は、詩誌「酒乱」4号〔二〇〇九年二月〕の連詩に発表した歌からの引用。）

しらべあまねし

『虚空日月』讃　その弐

星空のはてより木の葉降りしきり夢にも人の立ちつくすかな

山中智恵子

死に打ち解けある人ならむ木の葉ふる朝《あした》になじむこころ愛《かな》しき

永遠の一部を欠きて泡沫《うたかた》に身を投じたりしらべに帰れ

夢の手前でまだ見ぬ國を夢想せむ真に貧しきものたちのすゑ

散る櫻なげきに似るは夕照《せきせう》のうつしみの群れ水は朽ちゆく

ゆつくりと引き裂いてゆくいまもなほあることのなきわたしの場所を

昔ながらの仕事をとどむる懼《おそ》れより衣裳のやうにあなたを纏ふ

汝《なれ》に固有の死を堰き止むる感情の内なる言葉を濡らしゆくかな

あかねさすむらさきの詩語ゆかしけれ古鏡《こきやう》に映る身を投じたる

蔑《なみ》すればするほどあをく染まりゆき闘ひの道つづく白桃《しらもも》

しらしらとあなたの両手に握られしはじける前の黒鉄《くろがね》の魂《たま》

雨に曇る硝子に映る明けいろの肉叢《ししむら》の熟れみどりなす律《りつ》

糸の屑　光を巻ける襤褸《らんる》よりこゑを引き出すすがしきしらべ

あかつきの断崖にあり内部より反映は伸ぶ血の傾きに

血にしたがふ内なる言葉《ロゴス》の幽暗に眼《まなこ》をひらき詩《うた》は木霊す

ゆく水の詩《うた》くれなゐのこゑに充つ記憶の底に逢ひを重ねて

日常は詩に遠くあれ酔芙蓉《すいふよう》かぜに揺れればこころこぼれぬ

夢の巣に木犀の香は沈みゆき雁立つときを人に告げなむ

詩に醒めし鼓動に鳥は翔《か》けゆけり夜明けの合歓《ねむ》に露かしたたる

さねさしさがむの國のかりがねは虚空《そら》にしづむる鹽《しほ》を歌へり

詩に遠く歌の静寂《しじま》にやすらへりときの間ふかき悲境の御沼《みぬま》

蒼穹のまほらに翁あそびゐて夢の終はりに面《おも》伏せし詩《うた》

しづかなる言葉の響きゆくへなく五月雨の降る心地のみして

むらさきのゆめ沙庭《さには》に咲きてひえびえと澄みし玉《ぎょく》なり傷《いた》み耀《かがよ》ふ

たそがれに琉璃《るり》の鍾《さかづき》かたむけてひかりの羅衣《らい》をまとふ望月

望月は棹さすごとく空にあり常世の光とどめ冴えなむ

風充つる宵や幽なる崖に立ちあはれに染まる月の客なる

はつはつにこころ澄みたれ月の夜に修羅の道ゆくことば人《びと》かな

きみの歌わが掌《て》のうちに琅玕《らうかん》の青深まりて月と耀《かがよ》ふ

月影に水の走るを見し人は歌の命のありかたづねむ

言の葉のしらべあまねし遊魂《いうこん》のうつつにまさる夢の端《は》の月

揺るぎなき意志

悼　近藤芳美

悲劇的であらねばならぬ生としも歌人の矜恃を思ひ尽くせば

揺るぎなき意志は焦土に吹く風を詩の原形の一つとなさむ

試されし論理の言葉を楯として歴史を負ひぬ兵とし生けり

まづ始めに弁疏《べんそ》を用意せし平和　詠ひ撃ち継げ憂愁のゲリラ

孤高なる鋼《はがね》のひかりを歌は帯び平和に昏るる雨のきりぎし

殺戮の歴史に浮かぶ縫合址《ほうがふし》　雨撲ち据ゑよ平和とふ柩

権力は陰惨に老ひ鋼《はがね》なす言葉に刻む殺戮の歴史

喚声のごと立ち並ぶ太き杭　微熱を含み青き霧趨《はし》る

老ひることなき影は立ち耳澄ます永久《とは》なる戦後を願ひ守りし

戦争を憎み権力を憎み無謬《むびう》なる死者らのために詠ひ来し歌

山中智恵子邸を訪問する

鼓ヶ浦の路地に迷ひてうす墨のことばに濡るるごとく儚《はかな》し

山中邸の書斎の部屋隅には古井戸がある。

主なき書斎に射せる夕あかり　言葉《ロゴス》の一部を占めし古井戸

古井戸の闇の底方《そこひ》に眠りたる古代のこゑを智恵子は聴きし

梁ふとき書斎にとほき潮騒を聴きつつ睡る詩魂にふるる

二

わが胸中の詩人に

戛々《かつかつ》と跫音《あしおと》きこゆ
トマスの詩
神の唾《つばき》のごとく求めむ

日没の光あま咬《が》む詩篇から立ち上がりくるわれのザムザは

戯れに神の鋏が傷つけしたそがれならむ夕虹かかる

輪郭を夜へと移す霧の街　歌詠めばなほ耳さときかな

どの道も暮れて帰れぬ道である淋しむために罪を犯せり

青夜《せいや》より甦りくる声のあれ霧雨を裂くアベルに似し風

神の肺腑に耐へざる蜜を垂らすかなリルケに咲ける全能の薔薇

虚ろなるボンベころがりゆきにけり神の涎が光る坂道

精霊の挽《ひ》ける詩想に雨が降るわが胸中に段《きだ》なす静寂《しじま》

獣園の遠き明かりは霧雨にヨハネの髪のごとく靡《なび》くよ

禽獣は雨に濡れつつうすら陽の命を包む嚢《ふくろ》となれり

齧歯類《げっしるい》の眠りを欲す雨の夜　わたしにおよべ神の悲の暈《かさ》

死に親しき詩歌を詠めば荒るる舌　胡桃ほどなる一日《ひとひ》は逝きぬ

ライ麦の遠き記憶を吹く風や麺麭《パン》ちぎるとき聴ける野の神

砦なす想ひは貧し　過ぎ越しに生の慄へを木霊返さむ

形象《かたち》なきものに形を求めゆく哀しき性《さが》は闇に羽搏《はばた》く

疼痛は神の肋を押し開き降りくる霜やなにに耐ふべき

脳髄にあをき剃刀の光あり闇の鼓動に息づく詩篇

ぞんざいに神の性器をなぞりたる詩歌ささげむわれの未生に

信仰のなき身はネヂの穴ありて螺子《ねぢ》なき身なり雨は降るなり

煌煌《かうかう》と詩歌の村に眠る水

日没のあやふき闇に水動き小群落に臓器ぞ炎《も》ゆる

雪の降る村に眠りは訪れて恍惚とそが夢精する息

この村に殉教者たる資格あれ滅びをあやす玻璃の揺籃

すすり泣く架橋の下に眠る水　歌から詩へと駈ける裂傷

うすき血の滲む詩歌に沈め難しわが望むべき死と幸ひと

狂ふことなき泥酔のたましひか　帆を立てはしやぐものたちの声

強靭な絶望として紡ぎたる言葉から立てわれの詩魂は

頬笑みを楯とし問はむ胸中の詩人よ何に統《す》べられてゆく

薄明に溺るる村のあることを神の手淫のごとく告げたり

光をたたむ神の産毛がいざなへる言葉を病みてやがて消えゆく

飴色の風

かくて死は何の力も持たぬだろう
ディラン・トマス

枕頭にディラン・トマスを繙《ひもと》けば雨の躰《からだ》にわけ入るごとし

内からの震へは神の光なりディラン・トマスの臓器　明色《あけいろ》

お茶の時間にメアリー・シェリーを話題にす深手を負つた（彼）を追ひ詰め

いつのまにか話は映画におよびたりビクトル・エリセ　飴色の風

古《いにしへ》のカメラはあはれ飴色の光を畳む蛇腹を持ちて

ブレイクの素描にこころ惹かれゆき初雪の夜に詩《うた》は目覚めぬ

初明りにふさはしき詩を繙《ひもと》けり「驕るなかれ」と死を質《ただ》す…ダン

新しき挫折の上に降る雪をふるき衣をもて拭はなむ

あはれなる蟲

私の魂は怯懦ではない

エミリ・ブロンテ

たましひの話をしよう　白粥の湯気立つやうな揺りかごに乗り

わが内なる言葉にいぢけた少年が魂ほどの桃を提げたり

たましひはいつくしきまで残酷なあはれを醸すことやあるらむ

まないたに滲む魚の血を流し日常を切り刻む音は続けり

妻も子も寝息を立てしころならむ　書斎にこもるあはれなる蟲

ほこり泛《う》く本の間《あはひ》にこもりゐて精神の沼に沈みゆきたる

ガダマーとふ筏に乗りてわけ入りぬ腐肉かがよふ現象のするゑ

かぐはしき真理の沼に現れし伝統をパトスの舌がぬぐひぬ

伝統は光を透す沼である　蒼白の霧が奔《はし》るテオリア

ニコ・ピロスマニ　おほき瞳の小鹿かな無垢なることのかくもやさしく

運命は未生の夢を破るか

北島《ペイタオ》

雁の群
天に残せる傷跡の
雨落ちかかる
さらに空へと

碧海がすつぽりはひる
絵で折れる
純白の鶴
夢に濡れたり

天空に
ふるへる虹は
飛ぶ鳥の羽を集める
港に行かう

残光が手を差し延べる
僕の頬
くれなゐの波が
滲みゆく櫂

砕け散る
鏡の中に現れし
麦の旋律
無数の太陽

誠実な大地と空に
播かれたる
微苦笑ほどの
神の嗚咽は

単調な笛のひびきに
鶸色《ひはいろ》の悲はあふれたり
祈れ
死後へと

鮮血に芽吹く
詩歌を捧げなむ
銃身はみな
杖に変はれと

ひきちぎられた風が
気ままに夜を打つ
運命は
未生の夢を破るか

彼女の舌は痺れたままだ
板壁に
凭れた祖国
蜜蠟の夜

（＊参照作品『北島詩集』所収「第一輯」〔太陽の都ノート〕、是永駿訳、一九八八年、土曜美術社刊）

やさしい人よ

ある詩人への思ひに寄せて

ゆふぐれの霧の中から石段が死者の記憶のやうに現る

影のみが切り落とされた夕闇にすべての重さを感じ始める

秋の陽が柘榴《ざくろ》に爪を立ててゐる　ここから先の一日《ひとひ》は濡れる

日溜まりに柘榴《ざくろ》が口をあけてゐる　明るい闇よわが身に及べ

すべて雨の中にある秋　街からはやさしさのみが聞こえて来ないか

冷たい舌を鏡に映す昼下がり弱きもののみ望まれてあれ

肉の焼かるるにほひの中で祈るこゑ　生を病む身に救ひよあれな

人生の七合目なりこれ以上いやな奴にはなるまいと思ふ

駅の硝子に映る男が一歩退《ひ》き二歩退《ひ》きやがて見えなくなりぬ

夕暮れにやさしい人よ襟を立て群れの中へと紛れてゆきぬ

青空に昇りゆく管《くだ》　白銀のあぶら溶けゆく秋の深まり

沈黙の溜まりゆくとき秋の陽は花びら散らし時を導く

この夏の最後の蝶を見し日より車輪に生《あ》るる虹に怯えり

雨が好き　遠くの火事を引きよせるそのこころもて雨が好きなり

ごろごろとのどを鳴らせる猫たちの鎖骨のあたりを雨は濡らせり

人間の中で死にゆく人間のやや大きめの麦藁帽子

なな色の塗料にまみれた屑籠に分別をせず捨てゆく昨日《きのふ》

たたみ鰯は秋の日暮れに溶けつづけやさしい像《すがた》を記憶するなり

帆を上げて進める船はスイートな闇の中へと吸ひ込まれゆく

水と水ぶつかりあひぬ　私から終《つひ》のことばを奪ひゆくもの

漆黒の隙間に積もる言葉から半歩の距離の笑ひなるかな

今日一日《ひとひ》あなたが少女であることに痙攣をする永久《とは》なる時よ

臆病な季節を歩く少年は世界を見たいと思ひ立つなり

わたくしのセンチメンタル・ジャーニーの隣にならぶ　旅《ジャーニー》、　旅《ジャーニー》

もういいとどこかで言ったその何処《どこ》か　いちばん身近な世界の果《はた》て

雨足の激しくなりて背中から甘い香りに包まれてゆく

雨の降る秋の港に霧が立ちあなたはきっとしやがむのだらう

ことばの中であなたと出逢ひわたくしは雨に濡れつつ頬笑むだらう

この旅は雨の港で終はるなり　わたしは草を見るのであらう

さやうならもう来ることはないでせう　すべてが遺書となる日々の岸

愉楽に墜ちむ

北村太郎

生は死の幻ならむゆく雲にくれなゐの傷あるを思はな

歌の言葉されどゆふやみ深くして掻き探れどもわたしがゐない

闇にかがよふ月影つとにさ青《あを》なる脇腹ひらきゆける言の葉

虚抱《そらだ》きしのちに詩を書く営《いとな》みの苦懐《くくわい》はやがて愉楽に墜《お》ちむ

清廉な感情としも思ふべし歌に真向かふこころをはかり

退《ひ》きぎはは詩型の舌に責められて濃き雨霧にまぎれゆきしや

哀しみの重みをはかる天秤は揺れやまぬまま闇に呑まるる

『北村太郎詩集』を繙く

冬の虹ことばの縁《ふち》に立つごとし「終りのない始まり」に向け

細いひかりに照らされてゐる「スイートな関係」に死者、生者の轍《わだち》

「夢のなかには、生のなかよりも充分の死がある」から太郎は眠る

多田智満子歌集『水烟』に寄せる

水烟は立ちのぼるなりかぎろひのことばの修羅を生きる人らに

狩られゆくゆふせみの情ふたたびは立つこともなし時じくの歌

大楠は風の腕《かひな》に懐《いだ》かれて歌ごゑここだ　神と呼ばれし

あくがれは生の浅きにうらがなし黒髪のひと夢《いめ》の浅葱《あさぎ》に

ぬれ髪のごときうす闇　憎しみは怖れにうたれ低くありたり

朝光《あさかげ》に目覚めしときに甦《かへ》りなむ古鏡《こきやう》のごとき諸刃のこころ

飛ぶ鳥のこころにふるる歌にある濃き祈りかも朝に冴えゆく

日常にそふ幻は醒めがたくゆふあかねさす隠れ沼は顕《た》つ

ふる夢にひそかにひらく言の葉の夢精を聴かむとほき光に

春の壺あをき光に満たされて波音きこゆ鏡となりて

墓原を流るる水は階段を乳のごとくに耀ひてゆく

あかねさす君が紡ぎし言の葉に少年がをり透きとほりたる

すみれいろなる玻璃に盛られし言の葉の誰のものにもならざりし夢

「三月十日東京大空襲」

「井上有一遺墨展」を観る

わが前に黒き炎の沼として現れいでし地獄に向かふ

全霊をぶつける紙に光あれ果てなき業《ごふ》の真闇《まやみ》に立たむ

血の怒り血の慟哭は血に破れみづからを斬るひかりなす文字

文字と文字　重なる死体　こゑとこゑ　炎は趨《はし》るたましひの礫《れき》

吐く吐く吐く魂を吐く毅《たけ》き筆　ひかりあまねく書に吊られたり

人間のあらむかぎりの悲惨からひかりは生《あ》れむ書に拍《う》つ鼓動

おお生の塊として生き果つる私は惨《さん》に照らされ悶ゆ

散る墨のひとつひとつに覚めゆける命はかくも有一である

あをき夜に立つ

与謝蕪村「北寿老仙をいたむ」に寄せる

君《きみ》あしたに去《さり》ぬゆふべのこゝろ千々《ちぢ》に
何《なん》ぞはるかなる

砕けゆく言葉は風があがなへよ君あをき夜に立つと思へば

君をおもふて岡《をか》のべに行《ゆき》つ遊ぶ
をかのべ何ぞかくかなしき

ゆく雲に火の山眠る　名を呼べばみほねのしろさ空を渡らむ

蒲公英《たんぽぽ》の茎《き》に薺《なづな》のしろう咲《さき》たる
見る人ぞなき

春を待ち醒めてはただに咲くことのただに愛《かな》しく人は過ぎゆく

雉子《きぎす》のあるかひたなきに鳴《なく》を聞《きけ》ば
友ありき河をへだてゝ住《すみ》にき

君を呼ぶ言葉になぞを掛けたれば詩《うた》にあれたる河はあふれき

へげのけぶりのはと打《うち》ちれバ西吹風《にしふくかぜ》の
はげしくて小竹原《をざさはら》真《ま》すげはら
のがるべきかたぞなき

わが手よりすべり落ちゆくまぼろしの言葉は立たむ君を廻りて

友ありき河をへだてゝ住《すみ》にきけふハ
ほろゝともなかぬ

鳴く声の絶えなばきざす現世《うつしよ》のあはれ眉ひき恋しかるらむ

君あしたに去《さり》ぬゆふべのこゝろ千々に
何ぞはるかなる

忘却のなべてが丘に還りゆき星の木霊に面影しるす

我庵《わがいほ》のあミだ仏《ぶつ》ともし火もものせず
花もまゐらせずすご〱と彳《たたず》める今宵《こよひ》ハ
ことにたふとき

月の出の夢にかよへる丘あをく去りゆくのみの日日の荒星《あらぼし》

（＊引用は『蕪村集』〔村松友次著「鑑賞日本の古典」17、一九八一年、尚学図書刊〕より）

與謝蕪村「北寿老仙をいたむ」に寄せる詩

夕日によせる丘のむかふの渚は
はるかに影を落として
流雲の残像を誘ひ

君の手につかまれた永久《とこしへ》のひとときは
わたくしの背骨をくだり
その先へと消えゆくことを躊躇《ためら》ふ

かなしみの半ばに聞こえてくるこゑは
わたくしの傷に沁みゆき
早春の弔鐘を打つ少女たちの睫毛には
月のさす静寂《しじま》が浮かぶ

風にかき消されゆく紫煙　遥かに……
明るき闇の扉を開く虚空を懼れ

鳥の瞳が彼岸に憑かれゆく黄昏《たそがれ》
友よ　君への思ひが孤独に引き合ひ
わたくしを千々に散りゆく

詩《うた》の終はりを告げる君との距離を欺けば
生々しい傷痕が還りくる　己の影の座に
わたくしは崩れゆく日々の憂ひに濡れる

三

村松友次先生を哀悼する

降りしきる雪に古人の貧しさを讃へたまひし師は逝きたまふ

感情の沼に櫻の散りゆけば恩師のことば頬を照らせり

己が身にゆれやまぬ水　文学の質に触れたる師の言の葉は

学問に貫き通す反権威　うす闇を指し傷まみれなる

旅に病む芭蕉を説ける講義かな湖底に棲めるこゑはくれなゐ

温顔に底光りせし反骨の魂はなほ死なず書にあり

紅花《こうくわ》とふ俳号を虚子に賜りて風花のごとき俳句をなしぬ

あをぞらを自在に飛べる雪片のきよき墓標をなさむ紅花忌

十七音の宇宙に響く言の葉を清き一掬《いっきく》の水として聴く

北寿老仙をいたみて啼ける雉子《きぎす》なり師の学恩に報はざる身も

荒川修作さんを哀悼する

フーコーから話し始めし修作がジョン・ケージにて一息つきぬ

ひとたびの逢ひに過ぎざる語らひで浴びしアウラに憑《つ》かれしひと夜《よ》

紐育《ニューヨーク》から届きしファクスに励まされ創作をすと今に告げたき

バブル崩壊とともに立ち消えし構想のセンソリアムシティ儚《はかな》

荒川修作の都市計画

華なる鬼神に

中川幸夫を哀悼する

二〇一二年三月三〇日、いけ花作家中川幸夫氏九三歳にて逝去。

華《はな》に充つ幻はあり　わが性は鬼火を燈《とも》すこゝに打たるる

限りなき生の露出に病むわれをいくたび救ひてくれしその華

一度だけ遇ひたることの幸運がわれにもたらす死への切断

瀧口修造について話を交はしたりその笑顔つと羞《やさ》しかりけり

花のこゑ今あざやかに未生なり降りそそがるる致死量の愛

流れゆく華の時間に滲みたる死の肉《ししむら》に深く濡れたり

エロスからの最短距離の死に棲める鬼かもしれずこの華の精

生命を持ちたる死へと花はゆく奈落にひらけ華の快楽

この華は雨の刃《やいば》を含みたり花弁に触れし時の間の愛

性愛が魔の山と化す華の刻《とき》わが冥暗や冷たきほのほ

暗闇を喰らふ華なり全霊で祝祭をなす性と死の淵

宵に咲く花からロゴスをつかみだす鬣《たてがみ》ふるる奔馬を見たり

鶏冠のくの字に咲ける花壜からふたいろの聲あはれ立ちたつ

名づけ得ぬ華の終はりに頰笑みがわが淵源をさかのぼりくる

闘ひはししむら熱き華ならむ未来とふ名の場《トポス》に咲きて

充分に刺すことだけを夢想する弁疏《べんそ》の痕《あと》に根を張る晨《あした》

塔《あららぎ》の華に立ちたつ幻想をわが木霊としあゆみ来たりき

墨痕のかがよひ深く脈を打つ悲境にひらく華を聴かなむ

神謀《はか》りたるごとき所作なり炎炎と華の命がわが闇に咲く

闇に咲く蘂《しべ》にひらきし薄明の死に向きたるは志《し》の聲ならむ

この華は死後に湧きくる命かも晩冬深く内部《うち》を照らせり

妖精の糞のごときがかをりをり紅《くれなゐ》を病むほろびのしらべ

華の流す血に魅入られしたそがれか愛浅からぬ悪しきよろこび

スパークする雨の市電に照らされて熟柿にかをる黙示を懼《おそ》る

白菜の奏でる凱歌　夕焼けは蒼きしらべに包まれてゆく

瑠璃色の息の内なる曼珠沙華　地の曼荼羅を描きてゆきぬ

華の終りは世界の終焉《をはり》　プルートの癒えざる傷と思ふ黒薔薇

歎きなど莫迦らしくなる緊縛に身を任せたり一炊《いっすい》の夢

未生より頰笑みいたく届けらるヘルダーリンの愛《め》でし昼顔

来世からの使者《つかひ》のごとき華がありさみどりの葉の聲あかるけれ

手にふれる花に入り日の影あをく華の命ははぐくまれをり

反逆の美しさから生まれこし光の梅の蒼《さう》なる鼓動

生命の起源が華に宿りたり流派否定の男によりて

華のごとき生とは云はね反抗と闘争の魂《こん》咲かせつづけむ

創作のアウラ逆巻く日常に松風を聴く時の間の谿《たに》

花に命を終はる命や晩年をその華のごと生きてゆきにし

この華や孤心の叫び秘めながら生きつくしたり死につくしたり

花のころ逝《ゆ》きし夢なる一生《ひとよ》かもくれなゐ深き生きざまならむ

安らかなることを望まぬ魂のやすらかであれわが華の精

白薔薇や死せる花人《かじん》の言葉から陽炎は立ちみづ奔《はし》るなり

父の死に

故郷《ふるさと》を捨てたるのちに父の背をいくたび見しか今帰りゆく

やがて来るその日に備へ感情を遊ばせてゐる青葦原《あをあしはら》に

父からの便りを受けて冷え冷えと春のひと日に取り残されつ

あを白き手をもてわれの手をなぞるその動きにし宿る命は

鰺《あぢ》の血がにじむ真白き皿のうへ添へたる若布《わかめ》みづみづしきに

生きる力うつくしからむ父の掌《て》を握りて雨の病室にあり

湿りなき掌《て》に触れしとき吾《あ》を見つむ瞼のはしになみだあふれ来

吐く息の苦しき際《きは》に溢れたるなみだに父の時よとどまれ

なかば閉じなかば開きしまぶたからひかりを紡ぐ命を放つ

父よ父いのちの終はりに共にあるこの親しさを忘れず生きむ

寡黙なる父でありしよ病窓に稲妻の光《かげ》吾《あ》を照らしたり

かく近く父と寝《い》ねたる病室に華やかならぬ明るさはあり

息を引きとるその須臾《しゅゆ》の間に声をあぐまだあたたかき肉でありしよ

父の死の近くにありてその生に触れたることをよろこびとせむ

ダンスもギターも縁なきわれにこの父はモダンを生きてモダンに死ねり

古都を愛せし父でありしよ家族にて住む夢はかく夢にて美《うま》し

「死の哲学」

父の死により導かれゆく晩年の田辺元の哲学の粋《すい》に

ゆくすゑはうすやみのみの手招くと少年の日にあはれ問ひたり

いはれなき死に恐怖せし少年は父の最期に慰められむ

しろき歯の見えしあたりに触れながら確かめてゐる父の在りかを

山鳩

家家の屋根光りたる炎帝に旅立つ人を迎へる夕べ

たたかひののちに照りたる脂《あぶら》かなやさしさのみの湧きくる躰《からだ》

ややありて父を讃へる言の葉の雨に濡れたる坂が見えくる

あらそひは記憶にあらず白梅の信じるとのみ云ひいでしはや

霧雨に山鳩鳴けりわがめぐり浄《きよ》きところの拓《ひら》けゆくらむ

父の死を見届けたりしのちの身につばさあるものの声は澄みゆく

今生に別れを告げし人思《も》へば来世の声を聞かす山鳩

たたかひは常《つね》のことなり身に負ひし宿世《すくせ》を思ふ鳴きし山鳩

山鳩のつばさに負へる秋の日やその幸福を疑はずあれ

山鳩はしばらく土を啄みて飛び去りゆけり秋の日残る

もし父が生まれ変はらば何にならむ山鳩啄む辺りを見つむ

奥深き記憶の淵にさまよへるやさしき命を掬ひあげたり

その日より死への恐怖は消えゆきぬ父の最後の教へを思ふ

秋深く山に今年の霜降りぬ厳しきことのやさしさに似て

約束はいまだ果たせず父の顔避けながら生く野蜜《のみつ》はあれど

霧の川

故郷《ふるさと》は幻ならむ霧の川きららのごとく光りたる見ゆ

霜どけの朝の平原見渡せば霧の湧き立つ川は流るる

ひろびろと霜のまじれる黒き土ひかりを浴びて低き丘なす

美《いつく》しき川のほとりに来てみれば汐の香りが霧にまじれり

川にさす光の帯は明らけき憂ひを含むごとく澄みをり

霜どけの霧の川面に射す光ちひさき虹の立てりたる見ゆ

ちちいろの霧を押しわけ降《お》り立ちぬ鷺のつがひは親しかりけり

人煙の昇る岸辺に濃き影のくぼみがありて人の動けり

川霧にまじりてのぼる人煙は人の思ひのごとく揺れをり

人煙の青きが中に静かなる無数の灰がうづを巻きたり

悲しみを深くたたへて澄みゆきぬ枯れ葦の群れ廃墟に似たる

境なく川霧立てば帰路のなき異界のごとき寂しさならむ

日輪を霧に透かして見るなへに父なる憂ひ充ちて冷えそむ

風吹かば川波さやに岸による争ひのこゑ浄《きよ》くなるべし

たちまちに霧はれゆけば碧《あを》き背を見せたる川や安けくあらむ

わが内に川の光を充たしめて冷たき土に触れてみむかも

川野辺の草のふくみし露光り傷のごとくにあはれ静けし

虚しさの先だつ帰郷さはあれど川の流れはいたくまぶしき

力なく行くすゑのこと思ひなば川に映りし雲は消えゆく

あを白き孤独の炎《ほむら》ただよへる霧のはれたる故郷《ふるさと》の川

枇杷の実

人生の半ばを過ぎて人の死が生きゆくことの一部となりぬ

父と生きし五十四年の歳月があたたかき夜に芽吹けるごとし

鵯《ひよどり》のあまた息《やす》める鉄塔は影を落としぬ夕べの道に

紅き花こころの闇に散りゆけど炎の痕《あと》は追ひがたくして

没《い》りつ日のやさしきひかり浴びながら昇天をする羽虫もあらむ

近づけば枇杷の木と知る喬木《けうぼく》にあまたのひかり垂るるをのぞむ

澄みゆくは誰《た》が思ひかも夕闇に枇杷の果肉は耀きましぬ

陽の光やがて弱まりゆく中に枇杷の実揺るる風のなき日に

夕空の飛行機雲は崩れゆき空の一部となりて消え果つ

黒き雲ながれ来たりてすつぽりと影の中へと包まれてゐむ

夕闇に光をふふむ枇杷の実は誰《た》が魂を吐きしにあらむ

あたたかき風吹き抜ける小路へとあゆみを進め灯《ひ》に照らさるる

小さき灯をともしてひさぐ若者の影伸びてをり人らに踏まる

若者の影を踏みゆく一人にてわれもあらむよ風の立つ夜に

くらき夜《よ》にこころの澱《おり》を吐くごとく芽吹き始めし木木を思はむ

散る前に緑濃くなる街路樹に手を触れてみむ見上げたるまま

大きなる翼の起こす風ならむ公園の葉はささやきかはす

あを白き霧流れゆく公園に樹の吐ける息まじりてをらむ

公園の地下を流るる川に添ふ冷たき闇は命を宿す

父の死の三月目《みつきめ》の空澄みわたり手紙はここに届けられ来む

綿毛とぶ五月の空にみちびかれ日差しの中にしやがむ悲の声

坂が続けり

暁に深く深くと声をあげ消えゆくものに風はきらめく

もうだれも帰つて来ない広場には風が伝へる砂の約束

さうだつた死の未来から遠くともあなたの葦は揺れやまぬのだ

羽のある器に載せた言の葉がきりきりと舞ひ霜はしづめり

骨壺をかかへて歩む道しろく寂しい町といひて去るひと

歩み来て木立の中を見上げたり水になりゆくたそかれならむ

風もなく椿の花が散りゆけばたそかれ深く怖るるだらう

夕雲の包みてをりし残魂の滅びの予感にふかく憑かるる

好きだからただ歩くのが好きだから夕闇深くすべては終はる

坂の上たなびく雲は天恵を受けつつあらむ雷すぎしのち

くづれゆく雲の動きに惹かれつつ記憶の帯をひろげてゆきぬ

愛憎の濃淡はかくあはれなりとどまる雲となだるる雲と

ふるさとは思ひのなかば坂をなす夕日にあかく染まりたる雲

さは言へどすべてはおのが宿世《すくせ》なりこの淵瀬《ふちせ》には悔恨の棲む

いづこにも帰属を拒む青年が振り向かずゆく坂のいただき

わたくしを生きる恐怖に憑かれたり歌ことば負ひあゆみゆく途《みち》

罰のない終はりの中で麻痺させてもう雪が降る時が来たから

天刑のやうな一行を待つ人よ　荒霜《あらじも》を置く坂が続けり

この坂を下りくれば降るしぐれなり手に切り岸のひらけゆくなり

愛と死の分かちがたかる詩の路地に迷ひて解きぬ父とふ綾を

あとがき

「時」が終焉を書き記すまで

本書『逝きし者のやうに』は、私が敬愛する歌人、詩人、俳人、芸術家への追悼とオマージュをモチーフとした歌集である。また、一昨年（二〇一二年）の九月に亡くなった私の父への挽歌も収録した。

私は、敬愛してきた「逝きし表現者たち」のような志を持ちながら創作を行ってきたつもりである。これからも、そのようにありたいと思っている。私の生にもまた、いつか「時」が終焉を書き記すことだろう。それは、いつの日のことだろうか。

そのような思いが萌したとき、ずいぶん以前の「北冬」（特集「本を読む―遠い本／近い本」、No.003、2006年2月発行）に寄せた「時」が終焉を書き記すまで」という文章がよみがえってきた。過去に書いた文章が、本書の本質を予言し、先取りしていたのである。そのことに思い当たり、ここに収録することにした。

「人類の発展—死ぬ力の成長。われわれの救いは死である、しかし〈この〉死ではない。」

とノートに書き記したのはカフカであった。この言葉は二十世紀を生きた人間には、あまりにも的を射すぎている。いや、これから人類が存在する限り、この言葉は永久に刻印され続けるだろう。

◇

もしも私の内部に、「遠くて近い本」があるとするならば、その「カフカの本」がまず最初に思い浮かぶ。私にとって、「カフカの本」は、「遠い本」でも、「近い本」でもない。およそ自分の現実からは遠くの悪夢が描かれていると思ったとき、それは自分の背後に口を開けて、いつでも私をひと飲みにしそうである。

また、何の批評も持ちえない態度でカフカの世界のリアリティーを安易に語るとき、たちまちその世界は私とは何の関係もない想像上の悪夢のふりをする。しかし、「カフカの本」を一度《ひとたび》読んでしまうと、もうそれ以前に戻ることは絶対にできない。私にとって、「カフカの本」とはそのようなものである。

その本が遠いものであるか、近いものであるかは一概には決められない。同じ本でも、こちらの状態によって、遠くにもなり近くにもなる。それは本の種類や内容によってすら、区別することはできない。

地球に寿命があるように、人類にも確実に寿命がある。そんな分かりきったことに、ときどき思いを馳せると、自分の人生が「無から無」への一瞬の光芒のように感じられることがある。それはいささかも人生の空しさに向けての思いではない。絶対的な無でしかありえなかったものが、初めの「無」とは違う「無」の世界に包まれるまでのこの一瞬の光芒とは、奇蹟などという言葉では表現しつくせないものである。そのような思いは、私をどこまでも優しく慰めてくれる。

そして、夢中で本を読んでいるとき、この「無から無」への一瞬の光芒を確かに実感しているという感覚に捉われることがある。そんなときに、その本が私のもっとも身近なものに感じられる。いや、同化していると言ったほうが正確だろう。本はもはや、私と区別することはできないのである。

先ほど私は、同じ本でも、こちらの状態によって、遠くにもなり、近くにもなる、と書いたが、どうしても馴染むことのできない本がないわけではない。不幸にしてそのような本と遭遇した場合には、その本を早々に自分からは遠い位置に追いやってしまう。このような場合には、私と本のどちらに問題があるのかは、永久に棚上げされたままになる。自分の狭量を深く反省しなければならない。

考えてみれば、私は一生をかけて一冊の本を書き上げようとしているようなものである。しかし、最後だけはみずからの手で書き加えることはできない。けれど、その本は未完で終わるわけではない。どこで終わるのかは予想できないにしても、「時」が必ず終焉を書き加えてくれる。私は安心して、そのような「時」に身を任せていればいい。

「人間にとって平等なのは死が訪れることだけである。」

と言ったのは、誰だっただろうか。この言葉は、先のカフカの言葉に比べると、あまりにも安易に現実につきすぎている。厭世観などは少しも感じられない。また、言葉とは裏腹に、「平等な死」などというものがどこにも存在していない苦さを、澱のように浮かび上がらせている。その言葉には、書斎でふと思いついたオポチュニズムの香りすらする。

最近、死者が甦って愛する人のもとに帰ってくるというストーリーの小説がベストセラーになり、映画化もされている。また、それに類似した小説や映画が隆盛を極めている。しかし、私にはそのような現象が「死」の意味自体を曖昧にし、現実から目を逸らさせるものとして、どうしても受け入れることができない。このような「死」の描写は、「死」すらも癒しにすり替える、充ち足りた社会の欺瞞でしかありえないのではないだろうか。言うまでもなく、「死」があるからこそ、「生」の尊さがあるのである。

私たちは、自分の「死」と同じように、他者の「死」をリアルなものとして、どのように受け入れることができるのだろうか。少なくとも表現者の自覚はそのような視点を想像力の原点の一つとして持つべきである。そして、それは自分自身の「死」から遡行されるものでなければならない。自分の「死」から目を逸らさずに安易な解釈をしないことこそが生きることではないだろうか。

「遠くて近い本」、それはまさに「時」が終焉を書き記す私の人生そのものである。

◇

こののちの私が、この歌集で追悼とオマージュを捧げた表現者と父たちに、いくぶんかでも恥じることのない生き方ができるのならば、それにまさる悦びはないだろう。私は自分が卑小な人間であることを認識し、すぐれた先人の蹟を敬い慕いながら、これから立ち向かうべき表現に、できうるかぎりの力を注いでゆきたい。

最後になったが、岡井隆先生をはじめ、「未来」の仲間、「Es」の同人、装丁の大原信泉さん、校正の尾澤孝さん、また、いつものように友情とご助力を頂戴した北冬舎の柳下和久さんに感謝を申し上げる。

本書を私の敬愛する逝きし表現者たちと父の御霊に捧げる。

二〇一四年七月二日　五十五歳の誕生日に

江田浩司

本書収録の作品は、２００６年（平成18年）－２０１３年（平成25年）に制作された短歌４９２首、俳句２句、詩１篇です。本書は著者の第六作品集になります。

著者略歴

江田浩司《えだこうじ》

1959年（昭和34年）、岡山県生まれ。著書に、歌集『メランコリック・エンブリオ―憂鬱なる胎児』（96年、北冬舎刊）、詩歌集『饒舌な死体』（98年、同）、長編短歌物語『新しい天使―アンゲルス・ノーヴス』（2000年、同）、詩歌集『ピュシスピュシス』（06年、同）、評論集『私は言葉だつた―初期山中智恵子論』（09年、同）、歌集『まくらことばうた』（12年、同）、『60歳からの楽しい短歌入門』（07年、実業之日本社刊）、同改題・改訂版『今日から始める楽しい短歌入門』（13年、同）詩歌批評集『緑の闇に拓く言葉《パロール》』（13年、万来舎刊）がある。短歌結社「未来」編集委員。短歌誌「Es」同人。「芭蕉会議」世話人。現在、万来舎のホームページ「短歌の庫」に詩歌評論を連載中。

逝《ゆ》きし者《もの》のやうに

2014年9月15日　初版印刷
2014年9月25日　初版発行

著者
江田浩司

発行人
柳下和久

発行所
北冬舎

〒101-0062東京都千代田区神田駿河台1-5-6-408
電話・FAX　03-3292-0350
振替口座　00130-7-74750
http://hokutousya.jimdo.com/

印刷・製本　株式会社シナノ

定価はカバー・帯に表示してあります
落丁本・乱丁本はお取り替えします
ISBN978-4-903792-50-7 C0092